Au profit de la Veuve et des Enfants d'Adolphe Boyer.

ORAISON FUNÈBRE

D'ADOLPHE BOYER

PAR

VICTOR BARBIER

OUVRIER TYPOGRAPHE.

—

Prix : 25 cent.

—

PARIS

J. LAISNÉ, ÉDITEUR, PASSAGE VERO-DODAT.

—

Novembre 1841.

ORAISON FUNÈBRE

D'ADOLPHE BOYER.

Paris, —Imprimé chez FELIX LOCQUIN, rue N.-D. des Victoires

ORAISON FUNÈBRE

D'ADOLPHE BOYER

PAR

VICTOR BARBIER

OUVRIER TYPOGRAPHE.

> Le travailleur qui aime ses sem-
> blables et la société doit finir comme
> moi. ADOLPHE BOYER.

PARIS.

JULES LAISNÉ, ÉDITEUR,

Galerie Véro-Dodat.

—

NOVEMBRE 1841.

ORAISON FUNÈBRE

D'ADOLPHE BOYER.

—————

I.

Avant qu'on ait jeté sur son humide tombe,

Où sont encore empreints les pas du fossoyeur,

Ce voile de l'oubli, ce long voile qui tombe

Sur tous nos souvenirs de joie ou de douleur;

Et tandis qu'au milieu de cette caste impure,

Pour qui tous les malheurs sont des crimes certains,

On entend profaner par un lâche murmure

Le saint deuil d'une veuve et de trois orphelins :

Hâtons-nous d'élever une voix courageuse

Pour ce frère, qui fut ouvrier et soldat ;

Car, en nos temps d'effort et de lutte orageuse,

Le monde est une arène, et la vie un combat.

Hâtons-nous de redire une hymne expiatoire

Pour cet humble héros, par le doute abattu,

Et qui désespéra du jour de la victoire,

Comme autrefois Brutus douta de la vertu.

Pleurons pieusement cette noble victime,

Qui, lasse de ramer sans entrevoir le port,

Préféra se plonger soi-même dans l'abîme,

Et se réfugier dans les bras de la mort.

* *
*

II.

L'écho frémit encor de la rumeur profonde

Que souleva le sombre et mâle désespoir

De ce simple forçat du bagne de ce monde,

Osant se délivrer par son propre pouvoir.

Le peuple tressaillit ; et, dans la foule émue,

Passa comme un frisson de triste et vague effroi ;

Car, hélas ! aujourd'hui, lorsqu'un homme se tue,

Chacun de nous se dit : Ce pourrait être moi !

Oui, nous tous parias, nous pauvres prolétaires,

Qui portons le vieux joug si lourd au genre humain,

Nous, dont l'œil a sondé l'Océan des misères,

Nous savons que l'on peut succomber en chemin.

Nous savons ce que c'est que ce doute funeste,

Qui vient, comme un vautour, vous déchirer le cœur,

Et, petit à petit, vous enlever le reste

De ce que l'on gardait de sève et de ferveur.

Et lorsque nous voyons la chute déplorable

D'un de ces travailleurs aux élans généreux,

Nous ne nous pressons pas de le trouver coupable,

Et nous songeons d'abord qu'il était malheureux.

* *
*

III.

Pour toi, pauvre Boyer, ta vie est un exemple

Auquel il ne manquait que ton affreuse mort,

Et ton nom seul, gravé sur le marbre d'un temple,

Devrait rester pour nous comme un vivant remord.

Il apprendrait à tous la noble et sainte tâche

Que ton cœur généreux essaya de remplir,

Et ce nom marquerait d'une éternelle tache

Le siècle corrompu qui t'a laissé mourir ;

Il apprendrait comment tous nos Sardanapales

Savent user d'un or tiré de nos sueurs,

En songeant que leurs mains, un instant libérales,

Auraient pu te guérir de tes âpres douleurs ;

Il apprendrait enfin ce qu'il faut que l'on pense

De leurs élans tardifs de générosité,

En montrant, par ta mort, comment on récompense

L'amour de la justice et de l'humanité ;

Et peut-être qu'un jour une France nouvelle,

Plus digne d'un destin que Dieu créa si beau,

Saluant un martyr qui succomba pour elle,

Viendrait semer des fleurs sur ton humble tombeau.

VICTOR BARBIER,

Ouvrier typographe.

31 octobre 1841.

En Vente chez le même Libraire :

Physiologie du Théâtre, par L. Couailhac.   1 fr.

Physiologie du Célibataire, par le même.   1 fr.

Physiologie des Amoureux, par E. de Neuville.   1 fr.

Physiologie du Poëte, par E. Lamberty.   1 fr.

Physiologie de l'Homme Marié, par Paul de Kock. 1 fr.

> Chacun de ces petits livres est orné d'environ quatre-vingts vignettes entièrement neuves, par MM. Gavarni, Daumier, Henri Monnier, etc.

La Marseillaise illustrée par Charlet, chant patriotique, paroles et musique de Rouget de l'Isle ; accompagnement de piano, par Aulagnier ; notice littéraire de Félix Pyat et portrait de Rouget de l'Isle, d'après David, deuxième édition, 17 gravures.   50 c.

Pour paraître prochainement :

Physiologie du Viveur, par M. James Rousseau, illustrations de H. Emy.

Physiologie du Gamin (galopin industriel), par M. Bourgu, illustrations de Marckl.

Physiologie de la Femme, illustrations de Gavarni.

Physiologie de la Presse.

> Biographie des Journalistes.
> Biographie des Auteurs dramatiques.
> Biographie des Gens de Lettres.

Paris. Imp. Félix Locquin, r. N.-D. des Victoires.